KB243699

마음에 수놓은 사색의 시간

마음에 수놓은 사색의 시간

김지원 글·그림

그로우웨일

무기력과 우울감이 자주 찾아오는 탓에 방에만 갇혀있는 시간이 많았고 불안한 생각들로 점차 자존감도 낮아져 일상생활에서 사소한 의사 표현도 제대로 하지 못했던 적이 있습니다.

그때 제가 할 수 있었던 일은 영화와 음악으로 여행을 떠나고 글로 자신과 대화를 나누거나 사람이 적은 시간에 동네를 산책하는 것뿐이었습니다.

작은 움직임이었지만 그 안에서 느꼈던 감정과 생각, 분위기, 편안한 공간에서 바라봤던 풍경에서 위로받았습니다. 뜻깊었던 순간들을 일기장에 적어놓듯이 자수로 수놓으면서 그 순간을 한 번 더 깊이 생각해보며 큰 힘을 얻었습니다.

《마음에 수놓은 사색의 시간》은 저를 변화시킨 마음의 기록입니다.

차
례

첫
걸
음

세상으로 한 걸음 나아갈 때마다
처음이 주는 설렘과 두려움으로 기억
되는 순간들이 있다.

육교 건너에 있는 초등학교로 가는 길을 엄마 손 잡고 예행연습 끝에 등교하면서 한 계단씩 오를 때마다 두근거렸던 순간, 처음 혼자 떠난 여행에서 버스노선을 살펴보거나 기차에 오르면서 마치 우주에라도 가는 듯한 벅찬 감정을 느꼈던 순간, 첫 출근 날 사무실 문을 열고 들어갔던 순간, 끝내 적응하지 못한 회사 생활을 끝으로 하고 싶은 일을 찾아 새로운 결심을 했던 순간.

어떤 일이 생길지 모르기 때문에 무서워서 멈추려다가도 모르기 때문에 시작해보고 싶은 마음이 동시에 생기는 순간들. 떨리는 마음으로 시작했을 때 뜻밖에 좋은 경험이 됐던 순간이 있고 예상치 못하게 혹은 예상했던 대로 상처로만 남은 순간도 있다.

상처받기 싫어서 한 걸음을 내딛기 전에 주저하는 시간이 길어져도 육교에 올라 내려다봤을 때 예뻤던 동네의 모습이나 낯선 곳에서 올라탄 버스가 데려다주었던 새로운 세상, 작은 취미에서 시작한 일이 나를 좋은 쪽으로 변화시킨 선물 같은 순간들의 기억으로 주저하던 첫걸음을 다시 내딛게 된다.

마음 한 곳에 자리하고 있는 그리움은 잊고 지내다 불현듯 떠오를 때가 있다.

차 안에서 창밖을 보다 떠오르는 좋아했던 장소, 사진첩에서 발견하게 되는 과거의 행복했던 날과 그 시절 같이 있었던 사람, 카페에서 우연히 듣게 된 노래로 떠오르는 영화처럼 그리움의 대상은 공간, 순간, 사람 등 다양하다.

그리움을 따라 생각난 곳을 다시 방문했을 때 기억 속 감정과 일치하지 않을 때가 있다. 하지만 그때의 감정을 똑같이 느낄 수 없다는 것이 슬픈 일이 아니라 또 다른 감정이 더해져 자리 잡게 된다. 때문에 문득 떠오른 그리움의 대상이 돌아갈 수 없는 아득한 옛날이거나 만날 수 없는 사람이라 해도 슬픔보다는 부드럽고 따스했던 추억을 회상하며 마음속 안부를 묻는다.

마중, 그 설렘

어렸을 적 하루 일과 중 가장 기다린 것은 퇴근 후 집으로 돌아오는 엄마를 마중 나가는 일이었다. 그때는 핸드폰도 없어서 엄마가 언제 버스를 타는지, 몇 번 버스를 타는지 알 수 없었기에 퇴근 시간이 가까워지면 무작정 버스정류장으로 나갔다. 그리고 도착하는 버스마다 설레는 마음으로 바라보다 버스 뒷문에서 내리는 엄마를 발견하면 그렇게 기쁠 수가 없었다.

엄마는 그런 나를 보고 길이 어긋나거나 퇴근이 늦어지면 어쩌려고 그러냐며 나무랐지만 내 손을 꼭 잡고 슈퍼에 들러 여러 채소와 내가 좋아하는 과자를 사서 집으로 돌아오는 그 시간이 너무 행복했다.

오랜 시간이 지난 후의 어느 날 귀갓길에 어디쯤 왔냐고 전화로 묻는 엄마에게 방금 전철을 탔다고, 운이 좋아 급행을 탔다는 짧은 통화를 했는데 전철에서 내려 밖으로 나와 보니 엄마가 저 멀리서 나를 보고 환하게 웃고 있었다. 마치 버스에서 내리는 엄마를 발견하고 좋아하던 어렸을 적 내 표정처럼. 엄마에게 다가가 괜히 왜 나왔냐고 투덜거렸지만 우리는 그 시절로 돌아간 것처럼 두 손을 꼭 잡고 역 앞 분식집에서 떡볶이를 나눠 먹고 엄마가 좋아하는 빵을 사서 집으로 향했다.

　　여름 휴가철이 시작되면 기차역에는 사람들로 붐빈다. 더위를 많이 타기도 하고 사람 많은 곳에서는 가끔 정신이 아득해져서 그 기간에는 여행을 다니지 않지만 어렸을 적의 기억은 생생하게 남아 있다.

　　매년 부모님의 여름 휴가 때마다 기차를 타고 외할머니댁에 가는 일이 우리 가족의 휴가 풍경이었다. 창문에 달라붙어서 밖을 내다보다 엄마가 준비한 삶은 달걀과 과일을 먹거나 기차표를 구하지 못한 날은 바닥에 앉아 가는 것도 신이 났다.

　　그런 추억 때문인지 기차는 설레고 아련한 감정을 일으킨다. 올여름은 추억과 함께 기차에 올라봐야겠다.

부정적인 감정을 꾸역꾸역 억누르다 훌쩍 여행을 떠난 적
이 있다.

평소에는 기차 시간이며 숙소며 미리 계획하고 떠나지만
그때는 놀랄 만큼 충동적이었다. 평소와 다른 모습으로 떠난 여
행은 버스를 놓쳐 먼 거리를 걸어가거나 갑작스럽게 쏟아지는
비를 맞는 일조차 재밌게 느껴졌다. 하지만 점점 더 거세지는 비
에 어쩔 수 없이 작은 민박집에서 묵게 됐다. 한쪽에 작은 슈퍼
도 같이 하던 곳이라 컵라면을 사며 숙박비를 낼 때 주인아주머
니께서 잠시 기다리라고 하시더니 다정한 미소와 함께 김치 한
그릇을 내어주셨다. 비를 흠뻑 맞으며 걷다가 온돌방에 앉아 먹
은 라면과 김치는 그 어떤 진수성찬과 비교할 수 없는 푸근한
한 상이었다. 밤새 내리던 비가 그치고 맑게 갠 아침, 떠나는 나
에게 다음에는 꼭 친구와 함께 오라는 아주머니의 정겨운 인사
가 한동안 따뜻하게 남았다.

수년의 세월이 흐른 뒤 그때의 추억으로 다시 찾아가 봤을
때 애석하게도 그 동네는 여기저기 새로운 건물이 들어서 예전
모습을 찾아볼 수 없었다. 너무 늦게 찾아왔다는 후회로 눈시울
이 붉어졌지만 지금도 어딘가에서 여전히 따뜻한 온기를 전하
며 지내고 계시기를 바라본다.

라
디
오

라디오를 처음 듣기 시작한 것은 고등학생 때였다.

0교시부터 야간자율학습까지 있었던 시기라 학교에서 긴긴 시간을 보냈기에 mp3는 등굣길 꼭 챙겨야 하는 필수품이었다.

그 안에 마음대로 골라 넣은 음악은 반복되는 일정 속에서 유일한 안식처였고, 언제인가 우연히 건드린 버튼으로 라디오가 켜진 순간 새로운 세상으로 빠져들었다.

이어폰 너머로 들려오는 다양한 사람들의 다양한 이야기. 퇴근길 차가 막힌다거나, 오늘이 사랑하는 아내의 생일이라거나, 길었던 취업 준비 끝에 취직이 됐다거나, 저녁 식사로 김치찌개를 끓여 먹었다는 소박하면서 친근한 이야기가 좋았다.

그리고 특히 좋았던 것은 그곳에서 들려주는 음악들, 한 번도 들어보지 못했던 장르의 음악이나 새로 알게 된 음악가를 공책에 적어놓았다가 집에 와 늦은 밤까지 찾아보며 나만의 세상을 넓혀가던 일은 설레고 즐거웠던 추억이다.

그때부터 시작된 라디오에 대한 애정은 지금까지도 이어져 오랫동안 생활의 일부가 되었다. 언제 들어도 한결같이 편안한 곳이다.

많은 것이 빠르게 지나가고 쉽게 변하는 시대에서 이 세상만큼은 오래 지속되길 바라면서 오늘도 시그널 음악이 울려퍼지고 진행자가 건네는 인사에 귀를 기울인다.

잠이 오지 않는 밤

현재의 고민과 미래의 불안이 가득한 날에는 잠들기가 쉽지 않다.

나와 비슷한 또래들에 비해 한참 뒤처진 것 같은 느낌과 앞으로 나아갈 방향에 대해 생각하며 뒤척이다 보면 어느새 동틀 무렵을 맞이하고는 한다.

어스름한 새벽빛이 들어오는 창문을 여는 순간 스치는 찬 바람에 잠시 시원함을 느낀다. 점점 밝아오는 하늘과 새로운 하루를 시작하려 하나둘 불이 켜지는 집들을 바라보다 지금 할 수 있는 일을 찾아 나의 하루도 시작한다.

새벽 풍경을 바라보았던 잠깐의 시간이 고민을 해결해주지는 않았지만 다시 무언가를 해볼 힘을 준다는 것이 신기하고 고마울 뿐이다.

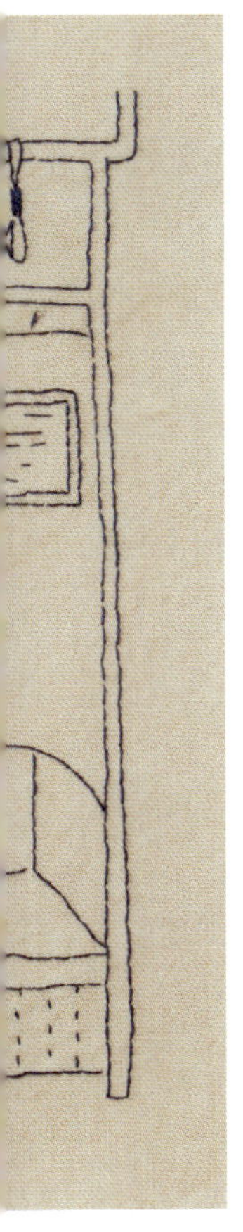

집
으
로

돌
아
가
는

길

늦은 시간 퇴근 후 집으로 돌아가는 지하철 안, 가만히 창밖을 내다보다 자주 들었던 생각이 있다. '나는 오늘 하루 최선을 다했을까.'

하루를 곱씹어보며 후회와 아쉬움에 한숨이 새어 나오는 날은 창밖으로 유유히 흘러가는 밤의 경치가 위로해주는 것 같아서 내일은 좀 더 나은 내가 되기 위한 다짐을 하게 된다. 반대로 흡족해하며 입가에 옅은 미소를 머금는 날은 야경이 한껏 응원해주는 듯해서 내일도 잘해보자는 다짐을 하게 된다.

몸은 고되어도 위로와 응원을 받으며 돌아가는 시간이 나쁘지만은 않았다.

인연

사람들 사이에
　　맺어지는 관계

나는 낯선 사람을 만날 때 유난히 두려움을 크게 느낀다.

이 고민을 얘기하면 낯선 사람을 편하게 대할 사람이 얼마나 있겠냐는 말을 많이 듣는데 창피해서 하지 못한 말이 있다. 그 두려움 정도가 상대방과 눈 한 번 마주치려면 있는 힘을 다해 용기를 내야 하고, 말이라도 건네야 하는 상황에선 속으로 수십 번은 되새기다 요동치는 심장을 붙잡고 간신히 한마디 건네고 나면 온몸에 힘이 풀려버린다.

그래서 그런 만남은 의도적으로 피해 혼자 보내는 시간이 많았다. 하지만 자연스럽게 만나게 되는 인연들도 있었는데 늘 혼자가 좋다고 여겼던 내가 곁에 같이 있고 싶다고 생각한 인연도 있었다.

　굉장히 무섭고 떨렸지만 어설프게나마 용기를 내서 다가
갔고, 상대방의 마음은 나와 같지 않아 인연이 이어지지 않거나
소극적인 내 행동으로 답답함에 떠나버린 경우가 많았다. 하지
만 이런 나를 받아준 고마운 사람들이 있었다. 눈도 못 맞추고
개미 목소리로 얘기하는 모습을 이상하게 여기지 않았고, 손을
잡고 천천히 이끌어주었으며, 때로는 혼자만의 방에 들어가더
라도 스스로 털고 나올 때까지 묵묵히 기다려줘서 조금씩 변할
수 있었다.

　그렇게 수년 동안 만남이 이어져 온 관계들을 생각해보니
내면의 두려움과 싸울 만한 가치가 충분히 있었음을 새삼 깨달
았다. 그리고 우연한 계기로 찾아와 어렵게 맺어진 이 인연을 지
키기 위해 부단히 노력해야겠다는 결의를 다져보기도 한다.

진
심

　　다른 사람의 진심이 나에게 전해지는 경험은 내 진심을 전할 수 있는 용기를 준다.

　　진심이라는 단어를 왠지 거창하고 특별한 것처럼 여겨왔었는데 가만히 생각해보면 사려 깊은 사람들이 나에게 건네는 말과 행동에 잔잔하게 스며있음을 느낄 수 있다.

　　이름을 다정하게 불러주는 눈빛을 바라보거나, 오래전에 만들어주었던 선물을 소중히 간직하고 있는 모습을 발견하거나, 민감한 질문에는 대답하기 곤란할까 침묵을 지키며 기다려주거나, 나에게 일어난 일을 함께 기뻐하고 슬퍼해주는 순수한 진심을 받을 때면 따뜻함으로 일렁이게 된다. 그로 인해 생기는 긍정적인 변화를 잘 알기에 좋아하고 아끼는 고마운 사람들에게는 나의 진심을 확실히 전해야겠다는 용기가 생긴다.

　　세련되고 멋진 방식으로 표현하고 싶어도 이런 쪽으로는 영 어설프고 서툴러 무얼 해도 촌스러운 사람이 된다. 그래도 나를 촌스러운 사람으로 만들어주는 이들이 있어서 다행이라고 생각한다.

같은 공간에서
같은 시간을
같은 마음의 온도로
같이.

지키고 싶은 빛

일을 갓 시작했을 무렵의 오래된 일기장을 읽다 보니 그 시절의 나는 희망과 용기로 가득 차 노을빛에 물든 윤슬처럼 다양한 색으로 빛나고 있었다.

불가능할 것 같은 일도 기회가 오면 무엇이든 도전하려 했었고, 위기가 찾아와도 절대 포기하지 않겠다고 다짐했었다. 하지만 치열하고 냉혹한 현실을 간신히 버텨내는 시간 속에서 반짝거리던 마음은 기울어져 점차 빛을 잃으며 여유도 사라져갔다. 순수하게 좋아했던 마음마저 희미해지는 시점에서 빛나던 시절을 발견하니 부끄러움이 몰려왔다.

그동안 지나온 세월만큼 삶에 대한 지혜도 쌓였으면 좋았을 텐데 내 마음 하나 잘 지키며 살아가는 일은 여전히 너무 어렵고 실수투성이다.

앞으로 어떤 결정을 내려야 하고 어떤 책임을 지게 될지 모르는 상황에서도 일을 마친 후 마시는 기네스 한 잔은 너무 맛있고, 라디오에서 좋아하는 노래가 흘러나오면 첫 소절만 들어도 설레고, 친구와 나누는 시시콜콜한 농담에 웃기도 한다.

이렇게 또 하루를 살아냈다.

심심품이

　자수를 놓기 시작한 건 이십 대에 회사 생활을 마무리 지은 후 방황하던 시기에 시작한 취미활동이었다. 책과 인터넷을 보고 도안을 따라 수놓거나 재봉틀로 가방이나 지갑을 만들어 주변에 조금씩 선물했었다. 그러다 본격적으로 사업자등록을 한 후 인터넷 판매를 시작했다. 그때 지은 이름이 마음과 마음을 품었다는 뜻으로 마음 심(心), 마음 심(心), 품이, '심심품이'였다(며칠 고민해서 지었으나 사람들에게 심심풀이로 불리는 날이 종종 있었다).

　인터넷으로만 판매하다 프리마켓, 페어에 참가하면서 내 작업을 좋아해주는 사람들과 직접 마주하게 됐을 때의 떨림과 설렘은 나를 강하게 끌어당겼다. 전시, 온&오프라인 강의와 같은 신기한 경험을 하게 됐고, 내가 만든 물건들로 채운 작은 공간을 잠시나마 꾸려보기도 했다. 좋아하는 일이 경제적인 부분으로 연결되는 것은 분에 넘치게 감사했으나 이끌어가는 건 결코 쉬운 일이 아니었다. 운영에 필요한 기획 능력이 부족했고 지금이라면 무던하게 넘겼을 일도 당시에는 예민하게 받아들여 사람들과 불필요한 상처를 주고받았다. 오래 고민하다 칠 년 동안의 추억을 마무리 지으며 폐업신고를 하던 날 많이 울었다. 언제든지 다시 시작할 수 있다고 되뇌어도 마음 한구석이 허전한 건 어쩔 수 없었다.

　하지만 그때의 허전한 마음으로 글을 쓰며 그림을 수놓게 됐고 책으로 세상과 다시 닿을 수 있게 됐으니 값진 눈물이었다고 생각한다. 심심품이는 이제 없지만 마음과 마음을 품은 작업은 앞으로도 계속 이어질 예정이다.

마지막으로부터

여러 천과 실을 꺼내놓고 수를 놓는 비슷한 일상이 여느 때와 달리 낯설게 느껴질 때가 있다. 정확히 표현하기는 어려운데 마치 꿈속에 있는 듯 금세 끝날 것 같은, 눈을 감았다가 뜨면 전혀 다른 환경에 있을 것 같은, 낯섦보다 조금은 무서운 느낌에 가깝다.

그러면 그 느낌에 휘말려서 정말 이 순간이 곧 끝나버린다면 어떨지 생각해본다. 지금까지 해오던 일을 마무리 짓는 상황이라면 아쉬운 일이 무얼까.

이상해 보일 수 있는 이 별난 생각의 시작으로 언젠가 해봐야지 하며 머릿속에만 있던 사색의 시간 시리즈를 시작해 달력과 책으로 엮어보고 영상으로도 만들게 됐다.

해보지 않고 남기는 후회가 싫은 혼자만의 만족을 위해 시작했기 때문에 무의미한 일일지도 모른다고 생각했다. 그러나 유심히 지켜봐주는 시선들이 다가와 고운 마음을 더해 의미 있는 일로 완성해주었다.

천 위에 실로 남겨놓은 내 흔적이 누군가
의 마음에 한순간 머물렀다면 이보다 더 멋진
일이 있을까.

이만하면 충분하다고, 마지막이어도 괜찮
을 것 같다는 생각을 하다가도 한편으로는 다음
에 해볼 일을 구상하는 걸 보면 아무래도 나는
꽤 욕심이 많은가보다.

선한 파동

　　사람들의 이목을 끌거나 화려한 직업은 아니어도 주어진 일상을 잠잠히 채워나가는 분들의 이야기를 좋아하고 존경한다.

　　창신동 봉제 골목에서 일감을 받아 생계를 이어 나가는 아주머니의 이야기라는 한 독립영화의 짧은 소개 글에 호기심으로 본 적 있다. 잔잔히 흘러가는 영화에서 인상 깊었던 부분은 외국인 관광객이 창신동 골목을 지나다 아주머니의 작업에 관심을 갖게 되고, 서로 말이 통하지는 않아도 아주머니께서 만든 옷을 함께 보다 외국인은 아주머니와 작업실을 카메라에 담아간다. 그리고 그는 한국 섬유산업에 대한 영상을 만들어 아주머니의 에너지와 자긍심을 칭찬했고 영상을 조용히 보던 아주머니는 자신만의 새로운 옷을 만들게 된다. 아주머니와 똑 닮은 옷을 만들어내는 모습이 비록 영화지만 주위 분들의 모습과 겹쳐 아름다워 보였다.

영화가 끝난 뒤 천을 뒤적이며 아주머니께서 그러셨듯 나를 진솔하게 담아낸 작업을 해봐야겠다고 마음먹게 됐다. 성실한 분들에게서 뿜어져 나오는 힘은 지켜보는 사람에게도 좋은 영향력으로 전해지나 보다.

산
책

나는 산책을 아주, 정말, 많이 좋아하는데 하루 동안 여러 생각으로 시끄러웠던 머리를 식히기 위해 초저녁에 하는 산책을 가장 좋아한다.

녹음이 짙어지는 초여름에는 조금씩 불어오는 바람에 풀 향기를 맡으며 걷기 아주 알맞다. 익숙한 곳을 지날 때는 정겨움에 편안해지고 새로운 곳에 다다랐을 때는 호기심에 이리저리 둘러보느라 나를 얽매고 있던 문제들로부터 잠시 벗어나게 된다. 그러다 마음을 사로잡는 비밀의 장소 같은 곳을 발견하거나 무심코 고개를 들어 마주한 하늘이 예뻤을 때 느끼는 순간의 감정은 부족한 내 어휘력으로는 표현이 안 될 만큼 좋은 기운으로 가득 차게 된다.

아마도 그 순간에만 느낄 수 있는 충만한 감정이 산책을 좋아하는 가장 큰 이유인 것 같다.

사소한 고민의 소소한 행복

일어날까, 한숨 더 잘까, 휴일 아침 늦게까지 빈둥거리다 가벼운 옷차림으로 공원으로 간다.

텀블러에 담아온 커피를 나무 그늘에 앉아 마신다.

기분 좋은 날씨에 평소보다 더 걷고 돌아가는 길에 새로 문을 연 식당이 눈에 들어온다.

먹고 들어갈까, 집에 가서 먹을까, 기웃거리다 집으로 향한다.

집에 도착해 손을 씻고 냉장고에 있는 재료들을 보며 고민한다. 무얼 먹을까.

팬에 물을 받아 멸치를 띄워 한소끔 끓여내고 고추장과 고춧가루, 간장, 다진 마늘, 물엿을 풀어 넣는다. 떡과 어묵도 넣어 고루 섞어주고 다른 냄비에 달걀을 삶기 시작한다. 집 안 가득히 매콤한 향이 퍼지면 접시에 소복이 담아낸다.

상에 접시를 내려놓고 리모컨을 만지작거린다. 영화를 볼까, 음악을 들을까.

오늘 날씨와 어울리는 음악을 틀어놓고
한 수저 크게 떠 소소한 행복을 먹는다.

찰나의 잔상

약속 시간에 맞춰 도착하고 신호등 건너에서 눈이
마주친다.

활짝 웃어주는 빛나는 모습을 보고 평소였다면 짧
은 눈인사를 건넨 뒤 어색한 눈길을 이리저리 돌렸겠지
만 그날 따라 다정한 미소가 편안하게 느껴져서 계속 바
라본다. 신호등이 바뀌고 건너가는 동안 개구쟁이 같은
표정을 짓는 모습에도 눈을 떼지 못한다.

신호등이 빨간불에서 파란불로 바뀌는 찰나의 기억
이 이렇게 오래도록 남을 줄 알았다면 한참 바라보지 않
았을 텐데, 고개를 떨궈 땅만 쳐다봤을 텐데, 5분만 일찍
도착해 먼저 횡단보도를 건너가 있었을 텐데. 허무하게
끝나버린 짝사랑으로 이제는 건너편에 있을 리 없는 미
소가 옅은 잔상으로 남아 있다.

　　내 존재는 이미 잊혔겠지만 평온했던 그 미소는 잊지 않았기를.

　　여전히 맑은 시선으로 꿈을 향해 나아가며 빛나고 있기를.

남겨진 기억

서로의 취향을 나누며 가까운 사이가 되면 같이 즐겼던 것들이 단순히 물건, 장소가 아닌 사람으로 기억될 때가 많다.

그러면 사람은 떠나도 과거에 새겨진 진한 기억으로 매번 갔던 카페의 창가 자리, 즐겨 걸었던 산책길, 함께 들었던 음악에서 어렴풋이 남아 있는 사람이 떠올라 아련해지기도 한다.

예전에는 주변 사람에게 좋은 사람이 되고 싶었다.

좋은 사람은 어떤 사람일까, 어떻게 해야 좋은 사람이 되는 걸까 생각해보지 않고 마음만 앞서 옳지 못한 방법을 택했다. 무엇이든 상대가 원하는 방향으로 맞추고 매 순간 상대의 감정을 살피며 눈치를 본 것이다. 그러면 그들도 나를 그만큼 생각할 줄 알았는데 점점 당연하게 여기고 조금씩 더 많은 것을 바라다가 내가 받아들이지 않으면 바로 떠나기도 했다. 처음에는 그런 반응이 서운했지만 내 행동이 상대의 관심을 바라고 친절을 베풀었기 때문에, 내가 이렇게 하면 이 사람도 이렇게 해주겠지라는 잘못된 기대를 품고 시작했기에 잘됐을 리 없다고 생각한다. 그 뒤로는 나를 잃어가면서 상대에 맞춰주고 있는 것은 아닌지, 어떤 대가를 바라지 않고도 기꺼이 해주고 싶다고 느끼는 건지, 내 마음부터 진솔하게 헤아려보기 시작했다.

이 과정들을 거쳐서 행동하고 말했을 때 좋아하는 사람과의 관계도 좀 더 건강해졌다. 의사 표현을 제대로 하니 서로를 이해하고 배려해주게 됐고 진실한 마음으로 행동했을 때는 상대방의 마음이 꼭 나에게 돌아오지 않아도 괜찮게 됐다.

그래서 이제는 나에게 좋은 사람이 되고 싶어졌다.

내 감정과 생각들을 소중히 여기고 올바르게 표현하면서 나를 위한 길로 씩씩하게 걸어갈 수 있는 사람이 되고 싶다.

마음의 문

영화를 좋아하는지, 어떤 장르를 좋아하는지, 자주 듣는 음악이 있는지, 여가 시간에는 주로 무엇을 하는지, 어떤 계절을 좋아하는지.

흔하게 주고받는 이런 질문들은 가볍게 지나칠 수 있지만 내가 좋아하는 감독의 새로운 영화 개봉 소식을 전해주고, 좋다고 했던 음악을 찾아서 들어보고, 산책하기 좋은 장소를 알려주고, 가을에 가기 좋은 갈대밭에 같이 가자며 섬세하게 기억해주는 사람들의 다정함이 좋다.

한 사람을 알아가기 위해 접해보지 않은 일을 새로 경험해보며 그 사람만의 세계로 들어가 조심스럽지만 용기 있게 마음의 문을 두드리는 다정한 사람들이 좋다.

마음에 여유가 없을 때는 좋아하던 것도 잊고 지낼 때가 많은데 시간이 흘러 문득 마주하는 순간, 희미해졌던 기억과 감정들은 고스란히 되살아난다. 그 시절의 나도 함께 다가온다.

한때 '좋아하는 취향 남기기' 시리즈로 좋아하는 음악들을 담아 플레이리스트 만드는 취미에 흠뻑 빠져 있었다. 학창 시절 즐겨듣던 음악부터 근래 즐겨듣는 음악까지 조금씩 변한 듯 변하지 않은 취향을 들여다보고 그때의 감성과 지금의 감성을 잇는 일이 재미있었다.

그리고 비슷한 취향을 가진 사람과 국적, 나이, 성별을 뛰어넘어 취향 하나로 연결되는 일이 신기하고 반가웠다. 그 기분은 좋아하는 음악가의 공연장, 존경하는 작가의 전시회에 가면 좀 더 풍성해진다. 순수하게 반짝이는 눈빛으로 모인 사람들과 한 공간에서 몰입하고 나면 좋아하는 마음이 더 깊어진다.

취향을 기록하는 일은 반짝이던 마음도 함께 남기게 된다. 다시 잊고 지낸다 해도 언제든지 꺼내보고 추억하며 마음을 가득 채울 수 있을 것이다. 생각만 해도 미소 짓게 되는 대상이 있다는 건 너무나 푸근한 일이다.

산새 소리
바람에 흔들리는 나뭇잎 소리
열고 닫힐 때마다 둔탁하게 들리는 나무 문소리
고요히 마음이 정화되는 순간

감당하기 힘든 문제를 마주했을 때 해결 방법이나 어떻게 견뎌낼지 생각하기보다 애써 모른 척하고 일부러 새로운 일을 만들어서 체력과 정신을 모두 쏟아부은 적이 많았다. 그렇게 다른 곳에 몰두해서 잠시 잊고 있으면 문제가 자연스레 잊히거나 해결돼 있기를 바랐으나 오히려 더 큰 무게감으로 다가왔다.

좀처럼 마주할 용기를 내지 못해 도망친 적도 있고 온몸으로 받아들이고서 한동안 앓았던 적도 있는데, 어떤 선택을 하든지 아픔을 견디는 시기가 필요하고, 힘들지만 아픈 시기도 끝이 있다는 것을 늦게나마 깨닫게 됐다. 영영 계속될 것 같았던 고통도 어느새 덤덤해져 다시 일어설 힘이 생기게 됐는데 그 힘을 얻는 데는 주위 사람들의 도움이 있었다.

같이 나아가며 용기를 북돋아주고 아낌없이 마음을 보내주는 사람들이 있다는 것은 큰 힘이 되기에 언젠가 내가 받았던 감사함을 베풀 수 있는, 누군가의 곁을 비춰줄 수 있는 작은 불빛 같은 사람이 돼야겠다는 생각을 하게 된다.

고
요
한

위
로

맑은 하늘 뭉게구름 사이로 찬란하게 새어 나오는
햇빛보다 적막만 흐르는 어둠 속에서 옅게 퍼져 있는 가
로등 불빛이 더 큰 위로가 되는 날

작
은
희
망

어렸을 때 엄마가 예쁜 보름달을 보고 소원을 빌면 이루어 진다 했던 말이 사실일 거라 철석같이 믿고 보름달이 언제 뜨나 밤마다 하늘을 보면서 애타게 기다렸던 적이 있다. 그러다 보름달이 뜨는 날은 부푼 마음으로 두 손 모아 간절하게 소원을 얘기했었다.

어린 날 간절하게 빌었던 소원은 이루어지지 않았으나 요즘도 보름달을 보면 나지막이 소원을 빌어본다. 이 역시 이루어지지 않을 확률이 더 크다는 건 알고 있다.

하지만 열심히 노력해도 상심하는 결과가 생기기도 하고, 내 의지와는 상관없이 안 되는 일도 있다는 걸 알면서도 작은 희망을 갖고 있는 건 다행이라고 생각한다. 하고 싶은 일이 있고 무언가를 바라면서 그곳에 조금이라도 가까워지기 위해 하루하루를 채워가는 내 모습이 썩 괜찮아 보인다. 그래서 유치한 것 같지만 계속해서 보름달이 뜨는 날을 기다리고 이루어지길 꿈꾸는 일들을 열심히 바라볼 것이다.

이런저런 고민을 하다 새로운 결심을 하고 불안해하는 너에게 똑똑한 조언 하나 해주지 못하는 미안함에 괜히 농담만 건넸었네. 하지만 정말로 해주고 싶은 말은 너는 지금까지 주어진 일들을 성실히 잘 해왔고 그동안 수고한 만큼 잠시 쉬어가도 괜찮다고 말해주고 싶어.

물론 불안한 마음속에서 쉬어가는 일이란 쉽지 않지. 그런데 친구나 연인관계에서 감정을 참고 쌓아두기만 하면 나쁜 결과를 불러오듯이 자신과의 관계에서도 힘들고 지쳐있는 마음을 제대로 들여다볼 줄 알아야 된다고 생각해.

지친 마음을 다스리며 보내는 시간이 위태롭고 연약해 보일지라도 나무가 뿌리를 내리고 자라면서 줄기가 굵어지고 높게 자라 햇빛을 가득 받게 되듯이 마음의 뿌리를 건강하게 내리기 위해 갖는 휴식은 정말 필요한 시간이라고 누군가 그러더라고.

그러니 앞으로 마주하게 될 낯선 시간을 불안해하지 마. 휴식을 끝낸 네가 다시 시작할 길목에서 변함없이 응원해줄 내가 곁에 있을 테니 부디 마음 편한 시간을 보냈으면 좋겠어. 괜찮아.

어둠이 걷히고

지금의 성격과 정반대지만 어렸을 때는 굉장히 쾌활한 성격이어서 선생님이 질문하면 스스럼없이 손을 들어 발표하고 친구들과 어울리기 좋아하며 이리저리 뛰어다니는 명랑하고 활발한 아이였다.

많은 호기심을 품은 평범한 아이로 지내다 학년이 올라가고 문제가 된 해의 학기 첫날. 교실 문을 열고 들어가 만난 담임 선생님은 첫 만남 때부터 살집 있는 내 몸을 놀리기 시작했다. '여자가 그렇게 뚱뚱해서 어떡하냐', '내 옷도 너한테는 안 맞을 것 같다', '얼굴까지 못생겨서 시집도 못 가겠다'와 같이 가시 박힌 말들을 조회 시간이나 수업 시간, 급식 시간마다 부지런히도 던졌고 계속되는 조롱 섞인 말과 행동을 조용히 지켜보던 반 아이들도 동조해서 놀리기 시작했다. 어린 나이에 혼자 견디기 가혹하고 잔인한 일이었지만, 그때의 나는 놀림당하는 일이 예쁘지 않은 내 잘못인 줄 알았다. 그래서 다른 어른들한테는 비밀로 한 채 칠흑 같은 어둠으로 가득했던 교실에서 1년을 지냈다. 신나게 떠들던 입은 굳게 닫히고 멀리 내다보던 시선은 바닥만 향하게 됐고, 당당하게 펴져 있던 어깨는 움츠러들어 한없이 작아졌다. 그렇게 변해버린 성격은 나를 향한 타인의 시선을 무서워하면서 숨어 지내는 날들이 많아졌다.

오랫동안 혼자 안고 있던 이 비밀을 친구에게 털어놓았고, 한참 지난 일임에도 친구는 불같이 화를 내면서 선생님을 향한 온갖 비난을 쏟아냈다. 흥분한 친구의 모습에 당황해서 웃어넘겼지만 집에 돌아와 친구의 말을 그대로 따라 해보다 터져버린 눈물은 쉽게 그치지 않아 힘껏 시원하게 쏟아냈다.

마음속 깊고 어두운 곳에서 웅크린 채 떨고 있는 어린 나를 위로하기까지 먼 길을 돌아왔다. 이제 그 아픔을 보듬으며 네 잘못이 아니라고 말해줄 용기가 생겼으니 두려움으로 가득한 교실에서 더 이상 혼자가 아니다.

다시 봄이 오듯이

겨우내 매서운 바람을 견뎌낸 겨울눈에서 하나둘 여린 잎을 틔워내고 견고하게 얼어붙었던 계곡은 보드라운 햇살에 녹아 새로운 곳으로 흘러간다. 어려움을 마주한 환경에서 묵묵히 자신을 지키면서도 변화가 필요한 부분은 비워내고 받아들이는 인내의 시간을 보냈기에 찬란한 봄을 맞이하게 된다.

한두 번씩 마음이 삐끗해 모든 일이 버겁게 느껴질 때면 숲을 찾아 고요하지만 분주하게 살아 움직이는 힘을 바라본다. 그 품에서는 힘겨웠던 마음에도 봄이 차오르고 나아갈 용기가 피어나는 듯하다. 내 안에 봄을 맞이할 준비를 해본다.

오늘 하루는 어땠나요?

유난히 일이 잘 풀리는 하루였을 수도 있고 유난히 일이 꼬이는 하루였을 수도,

어제나 저번 주와 크게 다를 것 없는 무미건조한 하루였을 수도 있겠네요.

어떤 하루였든 성실히 보냈을 오늘도 애 많이 쓰셨어요.

남은 시간만큼은 좋은 기분으로 마무리하고 편안한 밤 보내길 바랄게요.

하
루
의

시
작

간밤에 잠은 잘 주무셨나요?

좀 더 긴 밤을 보내며 쉬었으면 좋았을 텐데 어김없이 또 새로운 하루가 시작됐네요.

오늘 보낼 하루가 바쁘고 힘들더라도 숨을 고를 수 있는 잠깐의 여유를 가졌으면 좋겠어요.

아주 예전에 출근길마다 들었던 라디오 프로가 있었는데 진행자분이 매일 해주던 인사말이 묘하게 힘이 나서 그 시간만은 귀 기울여서 들었어요. 오늘은 듣기만 했던 추억 속 인사를 저도 해봐야겠어요. '오늘 하루도, 당신 거예요.'

생각의 물결

한때 일관성 없는 경력을 부끄러워했다.

　대학 전공부터 몇 군데 회사를 지나 공예작가까지 모두 연관이 없었기에 갈피를 못 잡고 방황하던 모습이 그대로 드러나 있는 것 같았다. 때문에 어디선가 질문을 받으면 쭈뼛거리며 대답을 흐렸었다. 내가 걸어온 길이 시간 낭비였다고 생각했으나 각각의 경험들이 다양한 방향으로 도움이 됐다.

　전공과목 중 하나로 배웠던 영상편집을 시간이 훌쩍 지나 공예작가의 길에서 아날로그 작업과 접목하여 재미있는 작업을 해볼 수 있었다. 제품디자인회사에서 근무했던 경험으로는 개인 브랜드를 만들고 내 그림을 넣은 제품들을 제작했다. 인테리어회사에 다니면서 어깨너머로 배운 지식으로 작품을 보관할 액자나 행사에서 사용할 원목 소품은 직접 만들었다.

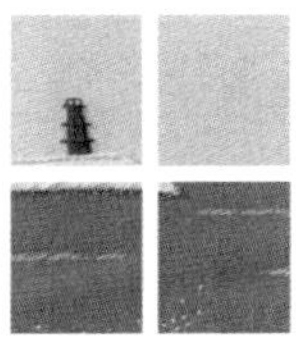

꾸준히 하나의 길만 걸어야 한다
는 편견을 버리니 무의미했던 순간은
없었다.

과거의 물결이 밀려와 지금을 이
루었듯이 지금의 물결도 새로운 나를
향해 밀려가는 중이라 생각하면 불안
이 조금은 사그라든다. 설령 꿈꾸던
곳이 아닌 전혀 다른 곳으로 다다른다
해도 괜찮을 것 같은 느낌이다.

　내가 어떤 마음으로 작업을 하고 있는지 오랜 시간 바라보며 곁을 따뜻이 지켜주던 사람이 있다. 나도 모르는 나의 장점을 찾아내 끊임없이 이야기해주던 한마디 한마디 덕분에 무너지려 할 때마다 다시 일어날 수 있었다. 고맙다는 말로는 설명이 부족한 인연이다. 그런 언니의 꿈이 담겨 있는 공간인 오데옹상점을 주제로 짧은 애니메이션을 작업했다.

　오데옹상점의 마지막이자 새로운 시작을 응원하는 마음을

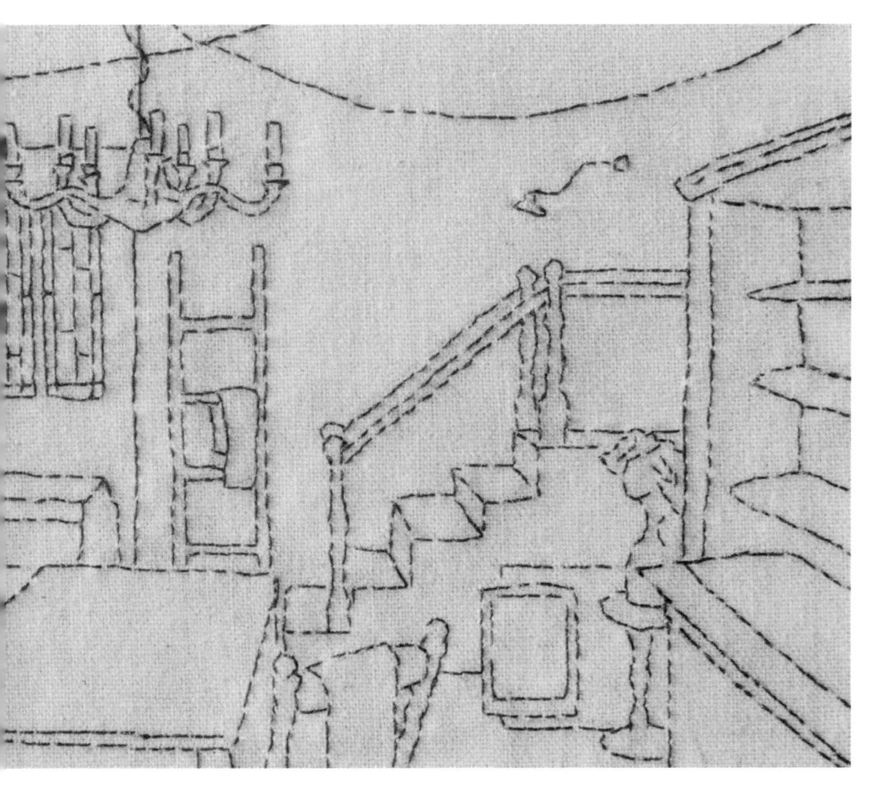

담았던 작업은 모든 과정의 순간들이 소중하고 특별했다. 장면 하나씩 수놓으며 우리가 나누었던 수많은 대화도 떠올랐기에 완성됐을 때 기쁜 마음보다 두 달 동안의 여정이 끝나게 돼 허전한 마음이 들기도 했다.

그래도 오래도록 함께 추억할 수 있는 일이 하나 더 생겼다는 든든함과 그 안에서 언제나 살아 숨 쉬고 있을 우리의 꿈을 상상해본다.

제일 좋아하는 일 중 하나는
창밖을 내다보는 일.
시선이 가장 오래 머무는
순간은 나무를 바라볼 때다.
조금씩 다른 초록색 이파리들을
애정 가득 담긴 시선으로 보고
있으면 마음이 편안해진다

여전히 나는 실패합니다

책을 만드는 작업 과정은 나만 아는 시간으로 가득하다.

이야기 소재를 찾아 오래된 일기장을 뒤적이거나, 간단한 문장을 며칠에 거쳐서 다듬어 보거나, 방 안 가득 천을 꺼내놓고 이야기의 분위기와 어울리는지를 따져보거나, 마음에 들지 않는 바늘땀은 뜯어내고 다시 수놓는 것과 같은 정답이 없는 길에서 고군분투하는 순간들. 조금 낯간지러운 표현이지만 그 순간에는 내 안에서 작은 빛이 반짝이는 것 같은 느낌이다.

몰두해서 빠져드는 나만 아는 그 시간을 좋아하지만 반대로 결과물이 사람들에게 선보여지는 순간은 두려워한다. 반짝였던 과정은 잊고 좁아진 시야로 눈에 띄는 결과만 좇아 별다른 성과를 얻지 못하면 속상해하고 푸념을 늘어놓기도 했다.

하지만 시간이 지나 되짚어 보며 고군분투했던 순간들을 후회하냐고 묻는다면 그렇지는 않다. 그때의 난 온전히 즐기며 할 수 있는 모든 것을 쏟아냈기 때문에 후련하다. 그런 경험으로 흔들릴 때 중심 잡는 방법을 조금은 알게 됐고, 최선을 다해 넘어졌을 때 누워서 바라본 하늘이 가장 드넓어 보이는 것을 알게 됐다. 다시 선택의 기회가 와도 기꺼이 그 시간을 택할 것이다. 여전히 실패하겠지만 내 안에서 반짝이던 작은 빛을 다시 보고 싶다.

즐겨보는 다큐멘터리에는 자신만의 확고한 신념으로 한 분야에서 오랜 기간 활동하는 분들이 나오곤 하는데 공통으로 느껴지는 점은 단단하게 빛나는 깊은 눈빛이다.

감히 짐작도 할 수 없는 수많은 어려움을 견뎌냈을 그 눈빛을 보고 있으면 올곧은 나무들로 빼곡한 숲이 보이는 것 같아 한참을 바라보게 된다.

아직은 흔들리는 날들이 더 많은 나의 눈빛에도
나무 한 그루 품게 되는 날이 올 수 있을까.

부치지 못한 편지

잘 지내셨어요?
오랜만이에요.

어색하고 쑥스럽지만 이렇게 인사드리고 싶었어요.

뵙지 못한 사이 전해드릴 만한 놀랍고 재밌는 소식이 생기지는 않았지만 소소한 행복과 슬픔을 골고루 겪으며 저는 잘 지내고 있어요.

일도 잘하고 있어요. 어떤 날은 의욕이 넘쳐서 책상 가득 일을 펼쳐놓았다가도 어떤 날은 나사 하나 빠진 듯 멍한 상태로 내가 한 무엇이 무엇인지 모를 날들을 보내긴 하지만 아직 포기하지는 않았어요. 도전과 실패를 번갈아 가며 지칠 때마다 예전에 격려해주셨던 다정한 말씀을 떠올리며 힘을 얻고 있어요. 그 당시에는 크게 와닿지 않았었는데 어느 순간부터 힘든 시간을 보낼 때마다 자연스럽게 생각나게 돼요.

한 번쯤 다시 뵙게 된다면 이런 말씀을 드리며 아주 조금이나마 변한 저를 보여드리면서 덕분이라고, 그때는 표현하지 못했던 감사함을 전하고 싶은데 뒤늦게 후회만 되네요.

후회가 커져 미련으로 남아서인지 가끔 엉뚱한 상상을 해요. 인터넷 세상의 알 수 없는 연결로 인해 어디선가 흔하디흔한 제 이름을 발견하시고 한때 이런 이름을 가진 사람을 알았었는데 하고 무심코 들여다보다 '그 사람이구나, 이렇게 지내고 있구나' 미소 지으실 수 있지 않을까 하면서요. 물론 그럴 일은 없겠지만요.

　　아쉽지만 잠시라도 인연이 닿아 알고 지냈던 순간이 있어 다행이었어요.

　　허공에 외치는 인사가 되겠지만 정말 감사했습니다.

　　그럼 건강히, 안녕히 계세요.

정들었던 대상을 떠나보내는 마지막 순간은 여러 번 경험해도 익숙해지지 않아서 과거에 이렇게 했으면 어땠을까, 그렇게 하지 않았다면 어땠을까, 하는 아쉬움이 남게 돼요.

그 아쉬움에 잡고 있는 손을 놓지 못하고 애써 이어가려 했으나 인연이 다했을 때는 제때 놓아주어야 새로운 시작도 할 수 있다는 것을 알게 됐어요.

이제 떠나가는 일에 남아 있던 미련은 잘 보내주고 새롭게 다가오는 일은 최선을 다해 맞이해야겠어요.

바라보다

좋아하는 일을 꾸준히 하려면 어떻게 해야 하는지에 대한 고민은 끝이 없다.

가끔 이 길을 계속 가도 되는지 고민하는 일에 마음을 쏟으면 무력감으로 실 한 번 꿰지 못하기도 한다. 지금의 일 이외에 무엇을 할 수 있을지 곰곰이 생각해본다.

좋아하는 일을 놓지 않겠다는 집념으로 왔더니 할 줄 아는 일이 없는 우물 안 개구리였다. 나는 무얼 할 수 있을지, 다른 무엇에 관심이 있는지 고민해보다가 나름의 큰 용기로 새로운 도전을 해보았다.

변화를 두려워하면서 숲해설가라는 생소한 분야를 공부하기 시작했고 사람들과 어울리는 것을 싫어하면서 낯선 사람들과 숲에서 여러 추억을 만들었다. 그동안 보지 못했던 세상을 하나씩 배워가는 재미에 빠져 지내다 문득 이렇게나 아름다운 자연을 기록해두고 싶어졌다. 오랜만에 샘솟은 작업 욕구로 천과 바늘을 꺼내 수놓기 시작했고 여행을 마치고 집으로 돌아온 듯한 편안함을 느꼈다.

고민 가득 안고 택했던 길에서 명확한 답을 찾지는 못했지만 앞으로 해야 할 일들을 색다른 방법으로 생각해보는 시간이었다. 그리고 한 가지 재미있는 사실은 뜻밖의 선택이 좋은 인연으로 이어져 지금은 숲학교에서 보조강사로 아이들과 함께 숲 곳곳을 누리고 숲에서의 뜻깊은 순간들을 수놓아 기록하고 있다.

내가 바라보는 세상을 나만의 방식으로 조금씩 넓혀 가고 있다.

그동안 내향적인 성향을 바꿔보라는 이야기를 많이 들어왔다.

내향적, 외향적 어느 한쪽만 옳다고 할 수는 없지만 사람들과 잘 어울렸으면 하는 바람으로 해준 조언이었다고 생각한다. 조언대로 바꿔보려는 시도를 몇 번 해봤으나 크기가 맞지 않는 옷에 몸을 욱여넣은 것처럼 거북하고 빨리 벗어나고 싶은 마음뿐이었다. 오랜 세월 자리 잡고 있던 기질을 동전 뒤집듯이 한순간에 바꾸려 했으니 탈이 난 것이 당연하다.

어떤 방법이 좋을지, 내향적인 모습을 바꿔야만 하는지 고민하다 때로는 있는 그대로, 때로는 조금 다른 모습으로 지내보는 연습을 하고 있다. 다른 모습이라고 해도 돌변하는 것이 아닌 다른 사람은 눈치 못 챌 수 있는 잔잔한 변화지만 큰일이라도 해낸 듯 아이처럼 혼자 뿌듯해한다. 나를 조율하는 힘을 기르면 또 다른 나를 만나게 될지도 모른다.

물들다

　유연한 사람들과 함께 있으면 세상을 이해하고 다가가는 관점이 조금씩 변하게 된다.

　타인의 행동을 단편적으로 판단하기보다 주변 상황을 헤아려보는 여유와 머릿속 생각을 어떤 말로 건네면 좋을지 한 번 더 고민해보는 세심함을 조금이라도 닮고 싶어진다.

　거북하고 귀찮은 상황은 피하려 하고. 꺼내는 말보다 삼키는 말이 더 많았던 지난날의 모습을 되돌아본다. 숫기가 없다는 핑계로 무심했던 건 아닌지.

　운동을 한참 쉬면 근육 쓰는 방법을 잊듯이 마음 나누는 일을 멈추면 마음 쓰는 방법도 잊게 되는 걸까. 오랜 시간 혼자 일해오다 숲학교에서 일하게 되며 선생님들, 아이들과 마음을 나누려니 모든 일이 어색하고 어려웠다. 온몸이 얼어붙어 실수를 연발하게 됐지만 나무라기보다 배려 깊은 격려를 보내준 선생님들 덕분에 조금씩 적응할 수 있었다.

한번은 수업이 끝난 후 잘못한 일들만 떠올라 축 처져 있을 때 "저기 좀 봐요, 너무 예뻐요." 선배 선생님의 한마디에 고개를 들어보니 오후 햇살을 가득 머금고 있는 귀룽나무가 눈에 들어왔다. 분명 수업 내내 빛나고 있었을 텐데 미처 보지 못했던 풍경을 가만히 바라보다 차분해진 나에게 선생님은 이런저런 경험담을 들려주셨다. 선생님만의 위로를 건네는 방식이 편안하고 좋았다. 나도 언젠가 보답할 수 있는 사람이 될 수 있을까. 단단히 굳어 있던 마음이 다정함으로 물들어간다.

불편함을 견디는 힘

변화로 인한 낯섦은 거부한 채 익숙함 속에서 아무것도 하지 않고 머무는 일은 쉽다.

아무 일 일어나지 않는 고요함이 안전하다고 느끼지만 머무는 시간이 길어질수록 그만큼 깊이 내려앉아 발목까지 묻히는지도 모른다.

문득 나가고 싶다 마음먹었을 때는 태산같이 높아진 오르막에 선뜻 움직여지지 않는다. 한참의 고민 끝에 오르기 시작해도 두려움에 팔다리는 후들거리고 숨은 가빠온다. 나뭇가지에 찔리고 바위에 쓸려 긁힌 살갗을 보며 '올라오지 말고 가만히 있을걸' 후회가 밀려온다.

다시 내려가려 아래를 봤을 때 두 손 놓고 우두커니 머물러 있던 날들이 스쳐 지나간다. 한 번은 해보자는 오기가 생겨 엉거주춤 우스꽝스러운 자세로 한 발씩 오른다.

정상에는 무엇이 있는지 모른다.

극적인 풍광이 펼쳐져 있는지, 척박한 황무지가 있는지, 더 높은 오르막이 있는지 모른다. 어쩌면 익숙함 속에 머무는 것이 편안했을지도 모른다. 하지만 한계에 닿은 불편함을 잠시 견뎌 낸다면 새로운 힘이 생기게 된다.

그 힘으로 또 다른 오르막을 마주했을 때 다시 도전할 수 있을 것이다. 생채기가 났던 살갗은 아물어 새로운 바위를 짚고 오를 수 있을 것이다.

　　SNS에 그림과 글을 한 편씩 올리던 시리즈를 하나로 엮었
던 시작은 2021년도 달력이었습니다.
　　12편을 종이에 인쇄하고 달력을 걸어둘 나무판도 직접 페
인트칠하면서 두근거렸던 기억이 생생하네요.

　　함께 좋아해주셨던 감사함과 설렘을 고이 간직해두었다가
언리미티드 에디션에서는 책으로 도전해봤습니다. 손으로 만드
는 걸 좋아하는 탓에 손 제본으로 일일이 만들었고, 주위에서는
기겁했지만 언젠가 또 해보고 싶은 추억이에요.

　　여러 방면으로 다듬으며 손길이 자주 닿았던 사색의 시간
시리즈는 유독 큰 애정이 쌓여 있어요. 그만큼 잘 보이고 싶어서
예전 작품들을 모으다 미숙했던 부분은 다시 작업할까 고민하
기도 했어요. 그래도 그 시절의 제가 서운해할 수 있으니 그대로
담습니다.

제 마음에 수놓은 사색이 누군가
에게 진심으로 닿아 따뜻이 흘러가기를
바랄게요.

마음에 수놓은 사색의 시간

초판 1쇄 발행 2025년 12월 12일

지은이 김지원
펴낸이 이지은 **펴낸곳** 팜파스
진행 이진아 **편집** 정은아
디자인 조성미
마케팅 김민경, 김서희

출판등록 2002년 12월 30일 제 10-2536호
주소 서울특별시 마포구 어울마당로5길 18 팜파스빌딩 2층
대표전화 02-335-3681 **팩스** 02-335-3743
이메일 growwhalebook@naver.com

값 15,000원
ISBN 979-11-7026-726-3 (03810)